UNE THÉORIE DE L'AMOUR

JEAN-PIERRE SIMÉON

UNE THÉORIE DE L'AMOUR

poèmes

nrf

GALLIMARD

À Véronique

Je sais bien que, s'agissant de poésie, qui veut mal de mort à la froideur du concept et à l'esprit de système, ce titre, Une théorie de l'amour, *semble contrevenir au bon sens. Je tiens cependant que c'est trop rapidement en juger. La vérité est qu'aujourd'hui plus que jamais sans doute la pensée du monde, de la vie et de ses circonstances, otage des machinologues en tout genre, s'asservit pour notre malheur à la souveraineté d'une abstraction qui s'épargne les démentis du réel. Seule objecte à mes yeux à cette emprise délétère ce que la poésie depuis toujours fomente : une compréhension des choses non surplombante mais impliquée, sensuelle assurément, qui a aussi pour moyen la main et le pied. La pensée dans le poème a du corps enfin, et c'est le corps du monde, et c'est le corps de chacun. En quoi elle s'accroît d'un souffle, d'un rythme, d'un dynamisme, pulsations du sang et du vent. Le poème réchauffe le concept et soumet la pensée au vivant contrordre que recèle la liberté native du réel. Mouvement perpétuel, mort du dogme. Il est temps de repenser poétiquement la vie.*

I

CENT TRENTE PROPOSITIONS, THÉORÈMES TREMBLANTS, INJONCTIONS FRAGILES ET *AUTRES FORMULES AMOUREUSES DESTINÉES.*

Il n'y a qu'une faute : ne pas avoir la capacité de se nourrir de lumière.

SIMONE WEIL

1. La poésie d'amour fait ricaner *ceux qui savent*. Juste retour des choses : aimer, c'est ne pas savoir.

2. Un visage manque à *ceux qui savent*.

3. Que nous importe une pensée qui ne trouverait pas sa loi dans la chair exténuée du plaisir ? Pensée froide, pensée sèche, et plus grave encore, pensée qui ignore sa fatigue.

4. *Touche-moi d'une parole qui soit poignée de sel dans le feu.*

5. Pourquoi inexplicablement un regard épousé par l'amour a-t-il une saveur, *une saveur pour de vrai*? Un goût, comment dire? d'arbre penché sur la rivière dans l'été…

6. *De la ligne frémissante des seins à la courbe des hanches, tu es un saut de la rivière dans la brume bleue du matin.*

7. Je parle d'un amour, c'est-à-dire d'une vague plus haute, plus chantante dans l'océan-de-tout-le-monde mais vague de la même eau.

8. *Nous avons ouvert un haut sentier qui nous traverse.*

9. Plus unis sous ce silence à la peau nue où la nuit pose sa joue, plus unis, plus présents et plus denses que la chaleur dans le feu, la blancheur dans la neige.

10. *Je me penche en toi et je touche à ce point de nous qui tremble comme un vent à sa naissance.*

11. J'appelle amour un geste déshabitué. Quand on a peur, on n'aime pas.

12. Devise empruntée à la feuille qui court avec le vent : *là où tu me mènes, je te mène pareillement.*

13. Passion d'herbe
qui s'aggrave
d'une rosée

14. Il y a des baisers noirs comme on ramasse sa fatigue au fond de sa journée. Mais il arrive qu'ils aient un goût de fleur.

15. *Quant à nous, attentifs à nous éprendre de tout ce qui ne nous contient pas.*

16. *Je t'aime pour repousser l'homme désert.* (« L'homme désert qui n'a plus de larmes », dit Primo Levi).

17. Qui aime curieusement aime aussi ce qui manque quand l'autre n'est pas là.

18. La tristesse qui n'a pas de langage parle dans tout amour.

19. On ne vit le plus souvent qu'à la surface de soi-même. Puis on aime. Alors on se déprend de soi comme d'une neige : soi-même à la surface tombe, fond et bientôt court avec les rivières. Ne reste que ce qui peut aimer : un autre.

20. L'amour n'est peut-être que l'envers du beau.

21. Comme l'eau des montagnes
couteau au visage
blessure qui rajeunit

22. Dédicace aujourd'hui. Dédicace pour un poème sans mots, qui n'est que souffle, couleur impossible à nommer, mouvement vers le cœur.
À l'instant sans angoisse dans l'angoisse du monde.
À ta caresse, contour du simple : la vie est libre sous tes doigts.

23. Un soleil de hanches et d'épaules, femme nue.

24. *Je te dois d'être si près du jour qu'il m'arrive de ne plus savoir choisir entre la lumière et toi.*

25. *Le silence aussi a son temps d'exposition. C'est quand nous rêvons côte à côte, muets comme une pierre chaude, à la beauté qui nous prend dans ses yeux.*

26. Un arbre
qui tient seul
sur la colline
l'amour le plus souvent
n'a pas froid

27. *La mort un jour emportera tout de moi. Sauf la main sur l'épaule. Et sauf la fleur que tu faisais pousser dans mes yeux.*

28. *Si le temps nous enjambe comme l'incendie la rivière, soyons rivière davantage, mon amour, rivière encore au fond de la rivière.*

29. *Je voudrais qu'à ton nom seul tout tragique se dissolve.*

30. Mon poème aux pieds nus dans la chambre au soleil.

31. De l'éclosion des mains au songe qui tient son vol, une pleine réalité nous habite. On dirait de nous : enfants tenaces à tenir la mer dans leur brasse.

32. Des joies concrètes et légères mesurent l'espace d'un amour.
Vent dans les yeux. Travail du pas. Mains nues, herbes.

33. *Le ciel vient à ton sommeil comme une mouette rasant l'eau. Nous dormons merveilleusement agrandis. Nuit étoilée jusqu'aux lèvres.*

34. La nuit parfois est cette eau très pure
qui donne raison
à notre soif

35. Le ciel s'étire comme un rêveur au matin qui ne comprend pas la lumière, et il écarte les bras pour tout y accueillir, les horizons, les fleuves, les villes,

les vieilles peurs, les pensées perdues, les prières en larmes : cette vaste bienveillance, étonnée, un peu lasse, ceux qui savent en faire leur ciel mental, ceux-là seuls peut-être aimeront à bon droit.

36. — Tout geste qui augmente l'espace éclaire l'espace.
— Et ne protège plus.

37. L'amour est une double espérance donc une double inquiétude.

38. *Ton mystère n'est pas complication rocheuse mais la rivière qui tranche sur la neutralité du paysage.*

39. *Je t'aime aussi pour tes fuites délicates.*

40. Il en va de l'amour comme de la poésie, *ou de cette sorte de choses* : c'est leur absence qui atteste leur existence.

41. Un regard engendre un regard et une absence, hélas, un poème.

42. Nous allons bien sûr d'une nuit réelle à une nuit réelle. Mais il y a en chemin beaucoup de terre, beaucoup de ciel sous nos pas.

43. *Rien que la voix de mon amour, franche étincelle dans le bruit.*

44. *Nous voudrions n'avoir nul refus qui soit cendres, nulle colère qui pactise avec le froid. Mais on ne se débarrasse pas du monde d'un adieu jeté par-dessus l'épaule. Un amour aux paresses de carpes dans l'étang ne sera pas notre amour.*

45. Mépris pour ceux-là, les aigles-pensants, ivres de leur vol, qui récusent la nudité du pas dans l'herbe simple,

la joie familière qui se sait impuissante. Un jour, ils déchireront leurs ailes à coups de bec. Ce sont ceux, dit Camus, qui « ne méritent rien ».

46. Le vrai, *le bel amour*, est un poème silencieux.

47. Comme on franchit un seuil pour trouver d'autres seuils, passer à travers sa propre pensée de l'amour.

48. *Vivre au bord d'un geste. Un signe de ta main, une inflexion de ta voix, je survis à mon ombre.*

49. *Loin souvent mais cachée dans ta présence comme un silence est l'ombre de la neige.*

50. Le plaisir n'est pas seulement un coup d'aile, ce désordre dans l'air qui rend un ciel aux corps. Il est plus : un vêtement pour la pensée.

51. *Une patience soudaine : ainsi peut-être faudrait-il dire pour le battement commun de nos cœurs. Comme on dirait d'un ciel d'été qu'il se répand soudain, alors qu'il était là déjà, dans le ciel.*

52. Nous sommes du chant encore et encore. À tout absent pourtant miséricorde !

53. *Tes lèvres, frêle abondance dans l'instant.*

54. Nous ne nous embrassons pas pour subvenir aux besoins du jour mais pour ne pas nous en tenir à l'ombre.

55. La nuit déjà. Tout encore.

56. Là où des lèvres se sont posées, la ruine, la mort également viendront. Mais les lèvres justement toujours les devancent.

57. Douceur : au fond du ruisseau rien qu'une herbe plus haute dans un lit de pierres.

Il faudrait sacraliser le besoin de douceur.

58. *Mon amour je te le dis encore :*
marche et marche
sous la pluie morte du matin
laisse les larmes aux alouettes.

59. *Celle que je nomme, j'entends son nom lentement retomber comme une neige dans la nuit.*

60. Nous sommes toujours peu ou prou sous la grêle des circonstances. Cœur battu par l'orage. Le puéril serait de croire que l'amour fait tourner le vent. L'amour, comme la poésie, ne sert qu'à rebâtir le

toit de paille du sens. L'amour et la poésie prêtent main-forte. Plus obstinés que nos découragements nécessaires et inutiles.

61. *Quand tu n'es que la pensée que j'ai de toi, je te porte dans ma paume – comme une branche la transparence de l'air qui l'allège.*

62. Les nuits par bonheur vous restent dans les mains, amants ouvriers du plaisir.

63. Cette lumière qui marche
avec le vent fatigué du soir
dans le sentier
elle a la jeunesse
de tout amour

64. Le plus beau de l'amour est dans ses alentours, comme c'est toujours le cas avec les sites classés, trop visités.

65. Ce qu'on perd de la vie à chaque instant comme si on courait avec un seau trop plein. L'amour est ce trop-plein et comment le *contenir*, n'est-ce pas la question de toute existence ?

66. Pour surgir partagés et rompre le nuage. De la solitude seule à la solitude nôtre.

67. *Je t'ai attendue ce matin. J'étais près de toi sous le drap et j'attendais que tout meure, la nuit et le matin, et le sommeil. Qu'il ne reste qu'un ciel. Celui qui paraît dans tout ce que tu vois.*

68. Ne surtout pas faire une intention de la douceur.

69. *Ce que je tiens dans ta main. Comme un étonnement de nuage dans trop de ciel. Comme une fragilité d'oiseau dont il ne sait que faire.*

70. Enfance d'une joue la joie : lisse et ronde. Ou bien chant renversé dans la nuque. Ou plus encore : visage qui devient dans l'éclair.

71. *J'aime en toi la femme de l'éloge qui se tait, de la pensée qui atteint du bout des doigts, de la liberté heureuse de ses liens. Femme aux coutumes d'oiseau, oui.*

72. En amour
comme à la fenêtre :
le corps
ou moins encore
le chant
ou moins encore
le sourire d'un arbre
suffit
pour ouvrir le ciel

73. Dans le baiser la pensée est agile, comme il faut au vent une branche ou un visage pour se connaître.

74. Un baiser
comme le bord immense de la mer
sous la brise.

75. Qui voudrait n'avoir besoin que de lui-même pour manifester sa présence à l'autre est comme un arbre qui garderait ses branches sous l'écorce. Comme un mauvais dormeur qui n'avoue son rêve que dans sa sueur. On ne devient innombrable et dénoué comme un silence que dans le plus extrême éloignement de soi.

76. *Ainsi serait ton visage ce qui objecte au néant. Non pas monnaie d'échange – joie contre rien – mais obstacle qui rebute le néant, réel où vient buter le rien.*

77. Nous sommes voués à la césure, séparés d'avec l'autre, séparés en nous-mêmes. L'amour désespérément tient les blocs qui s'éloignent.

78. L'amour véritable comme l'espoir véritable ne sont pas carnassiers. Ils se nourrissent de plancton : de riens insoupçonnés et d'instants invisibles.

79. De souffle, de lèvres et de pieds, comment ne serions-nous pas nés pour le chant, le baiser et le pas ? Et donc être, en tout, amour dispersé serait le but.

80. *Je pourrais vivre dans tes cheveux. Je ne sais pas de maison plus vaste : une nuit qui vole et se répand sous un soleil. Je voudrais mourir dans tes cheveux comme un chant qui s'éteint après qu'il a traversé le ciel. Tout un ciel traversé et que nulle fatigue ne nous sépare plus.*

81. *J'ai une soif de toi qui vaut toute clarté. Elle est une plume posée sur le vent, une évasion.*

82. *Il est des jours où, par ton sourire, le soir est un matin qui n'a pas fini. Du lever au coucher tout fut matin et à l'heure des draps c'était l'aube encore.*

83. Toute caresse est une précaution de printemps, caresse d'hiver, moisson future.

84. Baiser sur la nuque, chaleur du simple.

85. Est-ce, aimer, trouver le nom qui manque à un visage ? Cependant art de nommer sans dire.

86. *Le présent, dans la beauté irréfléchie de notre corps-à-corps, n'est pas un temps – un passage – mais une couleur dense.*

87. *Tu m'aimes, rusée aux mains calmes, comme on pêche la truite pieds nus dans la rivière.*

88. Bouche sur la beauté et la chaleur de l'éternel un instant passe.

89. Entre l'exaspération de fuir et le sommeil d'habiter une chimère, il y a l'autre, ses lointains : antidote à la frontière.

90. Debout, épaule contre épaule, sur le versant solaire : midi dans la pensée s'il fait jour à nos lèvres.

91. *Fuir, nous deux, dans un écart ? Jamais. Traverser, être avec, donner la main, ce doit être ce que la halte d'un baiser encourage et poursuit.*

92. Un goût de bonheur aux lèvres, quelque chose sur la langue comme une fraîcheur respirée. Le bonheur, c'est entendu, n'est pas un vain mot pour qui aime au-delà du jeu. Comment alors marcher sur le trottoir où un homme cassé grogne enroulé dans la poussière ? L'amour donc serait un nid au centre de la brutalité ? Non, de grâce, pas la puanteur molle du nid. Mais un amour dehors et qu'on lise dans la fraîcheur de ses lèvres les didascalies du désastre.

93. *Il fait lourd où tu n'es pas. Quand je suis dans ta durée, je suis l'hôte d'une paille au vent.*

94. *Je n'ai pas encore parlé de ton regard et de ce qui de moi légèrement l'amuse. Mais peut-on dire vraiment ce que libère en nous la liberté de l'autre ?*

95. *Je parlais hier d'amusement. Je voulais sans doute dire : comme la pensée s'amuse d'une phrase qui se prend les pieds dans les lacets. Il est bon que l'amour rie de trop d'amour.*

96. L'inconnu, quand on aime, est une main tendue. Qui s'en saisit sait bien qu'il ne se ressemblera plus, qu'un vent s'engouffre dans sa chemise, qu'un ailleurs pénètre sa peau.

97. Un amour est fenêtre, chant, non-sommeil, halte de rivière, c'est-à-dire figure d'une vérité en mouvement. Qui se cherche.

98. *Les mots* jamais, encore *et* toujours *nous sont indifférents. Nous usons d'un lexique de regards et d'étreintes qui obéit à une logique de fleur. Le temps est enterré sous nos pas.*

99. *Hier je me suis promené dans tes pas comme un voleur trafiquant dans l'ombre. J'ai franchi la haie à ton insu, j'ai chapardé rires d'oiseau et gestes tombés dans l'herbe. Sans vergogne.*

100. Ta bouche éclaire mes paroles.

101. Il y a une eau, je ne sais pas, comme une eau de source au-dessus de chaque être – et la percevoir ce serait cela être en amour.

102. Redire *Je t'aime* chaque jour puisque chaque jour a sa fin dans la nuit et que chaque nuit nous rend à nos peurs d'enfant, de toutes les plus justes et les moins négociables de nos peurs.

103. De quoi avons-nous besoin pour aimer ? Peut-être seulement de décider que tout cache un rire.

104. *Je suis, c'est fatal, en avant de toi, et pourtant tu es, de toute chose en la vie, l'issue promise et qui un pas plus loin me fait signe.*

105. *Je parlerai de toi comme d'une beauté jaillissante, d'une douceur qui ne s'attend pas à elle-même, d'un silence plus spontané que le cri et qui surprend l'âme dans son étourderie du moment.*

106. Il est probable qu'aimer juste soit trouver le point d'équilibre entre gravité et apesanteur. Ni peser ni se dissoudre en danse d'abeilles.

107. Je ne demande qu'à demeurer dans la mélodie d'une pensée de toi. Celle, juste comme la couleur de tes yeux, qui contraint le monde à sa douceur.

108. Les heures creusées par l'amour comme une barque sculptée dans l'air.

109. Au terme de tous les voyages, contre ces sophismes qui prétendent nous convaincre de la fin des mondes, demeurer l'étonné du premier baiser.

110. *Assis au bord d'une lumière qui n'en finit pas*
sur un parapet bâti d'ombre
nous vivons résolument un vertige

Par bonheur près de toi
même le sommeil est ivre.

111. Nous nous couchons parfois sur un lit de paroles tendres, en chacune de nos phrases est un ciel dormant.

112. *Chaleur et fraîcheur. Amour qui s'entête en son été et qui se cherche ivre dans le vent. Allez donc savoir lequel des deux garde l'autre : le manteau d'air ou le feu du cœur ?*

113. Je vois à travers la douceur de tes bras. Guirlande de lumières et d'arbres à la fenêtre.

114. Pour dire mon amour qui n'hésite pas, pour rendre justice à la précision de sa clarté, à ce non-vouloir qui contient la beauté comme le fait un paysage, il m'arrive de détester la poésie même.

115. Saison aux deux visages constants. L'un qui veille au plaisir. L'autre, on ne le voit pas mais j'ai pour lui infinie gratitude. C'est qu'il tient sous ses paupières une lumière qui est ma confidente.

116. *Oh surtout ne pleure jamais ! laisse-moi, en tout, les deux parts du chagrin. Si je disparais dans le sombre, veille sur la présence. L'été a besoin de toi.*

117. *Dans l'anthologie de tes beautés, la plus pure est la plus muette et la plus spacieuse : elle m'est venue lentement, herbe qui tient contre tout hiver.*

118. Il arrive qu'on soit ensemble – ceci n'est pas une métaphore, je parle d'un phénomène physique – le centre d'un soleil.

119. La seule leçon qui tienne : un visage dont la beauté continue dans son autre beauté. En amour un visage cache toujours un visage.

120. Des trottoirs fiévreux, des regards pleins de sable, non pas le doute mais le soupçon, les idées

blanches et alignées comme les croix dans un cimetière militaire : l'idéal par chez nous a les yeux cernés, les cyniques ont un drôle de rire de ventre. La naïveté d'un amour et sa joie d'herbe au vent ? (Ah mais le ricanement des oies qui piétinent leur fiente !)

121. Pas le bout d'aile d'un ange dans cette boue des circonstances qui nous tient le pied. Nous regardons calmement l'oiseau mort sous l'arbre des superstitions. La transparence solide qui nous prend à l'épaule quand nous rions et nous taisons et rions côte à côte, cela suffit.

122. Ne pas chercher l'altitude du rêve : ce serait posture, voire imposture. C'est plutôt dans la traversée de nous-mêmes en l'autre (l'eau mêlée des regards) que nous touchons, parfois, à une hauteur insoumise.

123. Il y a les passants qui s'arrêtent naturellement à ce qui frappe, au, disons, *morceau de beauté*. Quand la raison d'un amour est toute entière dans ce qui annonce et prolonge la présence.

124. Cœur broyé
mains tuées
pluie noueuse dehors
lie de nos jours
puis l'amour
vie libérée d'elle-même
comme le monde dans la nuit
est délivré de lui-même

125. *Tu parais, tu réjouis l'air, tu règnes, tu ne ressembles pas. Tu ris de rieuse insolence où tant d'autres étirent maille à maille leur tricot d'ennui.*

126. Puisque j'aime, je ne peux croire à l'effondrement de la beauté. Un seul instant d'amour lève la paupière sur la beauté !

127. Comme, dans le chant d'Homère, les Ombres remontent des Enfers aux marges éclairées du monde pour boire le lait qu'on leur tend, nous

cherchons tous ici, vacillants, une bouche de chaude clarté.

128. *J'ai chéri la maison qui s'ouvre dans tes bras avant que ton sourire n'en éclaire les secrets. Je l'avais depuis longtemps rêvée comme un chemin rêve à la forêt où il mène.*

129. *Comment pourrais-je me fatiguer du monde puisque chaque matin quand tu t'éveilles tu partages la lumière en deux : une part pour moi, une part pour le jour qui vient ?*

130. L'amour est la seule réponse.

II

OÙ TOUT POÈME EST UNE PENSÉE DE L'AMOUR

Au-delà de certaines limites, la pensée et l'amour sont presque la même chose. La poésie le sait et le montre.

ROBERTO JUARROZ

I

Les amants s'en tiennent à la réalité

Il n'y a pas de mort pour les amants qui vont
À la vie comme on va au soleil
Insolents ils renversent la nuit
D'un coup d'épaule
Ils ne croient pas au malheur
Ils le savent par cœur
Car l'amour est l'envers de l'absence

Les amants s'en tiennent à la réalité :
Ils voient midi à leur porte
Un ciel porté par le vent
Diadème dans la poussière peut-être
Mais diadème

La réalité est simple aux amants
Le temps qui passe à la fenêtre
Ne les concerne pas
Ils se donnent des baisers comme on lit un paysage
Leur joie est un lait chaud
Et le plaisir leur fait de bons souliers pour l'hiver

La vie est rude et folle
Ils l'embrassent
Parce qu'ils sont rudes et fous

Ils ne sont pas ennemis de la mort
Ce serait lui faire trop d'honneur

Et puis qui serait l'ennemi d'une pierre dans le chemin ?

II

Où l'erreur est bonne

Il y a ceux qui cherchent l'amour
Et trouvent un village perdu
Un reflet d'arbre dans l'étang
Un cheval blessé
Un âne boiteux que sais-je ?
L'erreur est bonne

Aimer n'est-ce pas trouver
Ce qu'on ne cherchait pas ?
Trouver ce qui n'existait pas
Avant la trouvaille ?
Un autre corps à l'intérieur d'un corps
Une âme à l'intérieur de l'âme

Il vaut mieux parfois
Ne pas appeler les choses par leur nom
Il les efface
C'est le cas pour l'amour

Voilà pourquoi le poème dit de l'amour
Ce que nos silences taisent
On croit à une erreur
On a raison
Mais les poètes ne sont pas les premiers
À toucher juste par erreur

Tous les amants heureux le prouvent

III

L'âme c'est par la chair n'est-ce pas ?

Aimer c'est donner corps à un mystère
Mais quel mystère ?
Celui très étrange et commun
D'éprouver un dehors au plus profond de soi

Comme le pied d'un seul pas comprend l'infini :
C'est fête n'est-ce pas ? Autant que désespoir
Tout nous est donné qui est l'impossible même

Reprenons :
Juarroz dit que le fruit est le résumé de l'arbre
Le baiser est-il le résumé du mystère ?
La venue du dehors aux lèvres ?

Si je donne mes mains et mes yeux
À la transparence d'un regard
À la transparence d'une caresse
Cette transparence donne-t-elle corps à l'infini ?

Aimer c'est par la chair n'est-ce pas ?
Sève écorce ciels et soleils
Fond du fleuve et cime de l'arbre
Et c'est ainsi que nous viendrait l'âme
Ce frisson d'infini dans la peau ?

L'âme c'est par la chair n'est-ce pas ?

IV

L'amour est la beauté épargnée par la mort

Il y aurait cette idée qui nous reste dans les mains
Après que nous avons dans l'autre
Donné corps à nos désirs :
L'amour est la beauté épargnée par la mort
Aussi longtemps que nous la désirons

Quel que soit le corps de la beauté :
Pluie d'oiseaux
Fenêtre d'un sourire
Sommets du cœur

Tout ce qui nous paraît impossible
Quand bien même nous en aurions la preuve
Dans le poème

Tout ce qui de nous et hors de nous
Nous dénoue de la douleur
Cette idée impossible
Que perdre c'est naître encore
Durement mais encore

L'amour est la beauté épargnée par la mort
Ce qui demeure dans le souffle
Après que nous avons respiré la beauté
Ce surcroît d'air
Comme une gaieté de matin

Que la mort du soir n'atteint pas

V

Aimer ne peut être que poésie

Dirons-nous de l'amour
Ce que Rûmî disait de son maître :
Il m'a fait chercheur de ruisseaux ?

Oui : que chercher d'autre ?
Et que faire sinon chercher ?
Il est des métaphores qui ont de la santé
Elles font de vieux os en effet
Les discours peuvent bien vieillir assis dans leur fatigue
Le poème est infatigable

Est-ce l'amour qui relève le poème
Ou l'inverse ?

L'amour nous fait chercheurs de ruisseaux
Dont le poème est le chant
Un feuillage de métaphores bruit
En chaque baiser

Aimer ne peut être que poésie
Qui enchante un destin

De quels ruisseaux perdus
L'amour est-il le nom ?

VI

Amour est un moindre mot

Le ciel dans l'âme
Avec ses lumières fortes
Son appétit de nuit et d'astres
Ses houles de grand large
Sa soif sauve

C'est cela qu'on nomme amour
Et c'est le nommer pauvrement
Il y manque l'insolence et le refus

Car refuser de donner la main
À sa propre misère
N'est-ce pas tout dont il s'agit ?

Comme de briser cette patience de bœuf en nous
Qui tire son ennui
Ou récuser l'abri intarissable des souffrances
Ou se retirer de la fatigue accrue par le sommeil

Houles soif orgueil
L'amour n'est le prétexte ni l'excuse de rien
Il exige
Un ciel dans l'âme certes
Mais un ciel aux mains de feu

VII

L'amour n'est-il pas une autre forme de la pensée ?

L'amour n'est-il pas une autre forme de la pensée
Où tout peut arriver
À la jonction du vide et de l'éclair ?

Une pensée qui chante
Une pensée de poitrine oui
Qui a du poumon
Et monte aux lèvres
Avec le baiser

De cette pensée qui comprend du monde
Ce qui est et ce qui n'est pas encore
Le sourire qui donne à la bouche un destin
Où elle n'avait qu'un emploi
Le sourire est le premier concept

Et la caresse le plus juste aphorisme

À l'intérieur de cette pensée
Quelque chose se déploie qui n'a pas de nom
Mais dont le corps des amants est le langage

Cette sorte de pensée
Antérieure à la pensée
A des pieds pour courir
Des mains pour recevoir
Et deux joues pour le soleil

VIII
Je dis Amour avec majuscule

Amour marche sur le vide
Amour parie pour le vertige
Cherche l'étendue à l'encolure du vent

Je dis Amour avec majuscule
Car ne sait-on pas qu'un *je t'aime*
S'il est plus lourd que la mort
Contient le ciel
Qui contient les océans
Et contient les montagnes ?

Amour fait grand feu
Qui ne le voit pas et s'absente
C'est qu'il ne sait pas regarder la vie dans les yeux

Amour n'est pas la rose mais
Force ascendante
La tige qui l'élève

Amour ne veut pas qu'ombres s'ensuivent
Il s'agit d'appartenir à l'éclair

Amour n'a peur de rien à quoi bon ?
Beaucoup sont venus
Qui n'ont vu que le dos de la joie

Amour n'achève rien
Il laisse tout à l'infini

IX
Nul ne guérit l'autre de sa mort

Toi dit-il mon amour
Si tu es mon amour
Tu sais la distance entre mon songe et ta main
Qu'elle est plus vaste que le désert le plus froid
Et qu'un seul frisson de ta paupière l'abolit

Mais toi dit-elle
Apprends à l'oublier
Ce n'est pas ton songe qu'il me faut chérir et sauver
Mais ce qu'il cache de ta réalité
Ou plutôt de ta réalité
La part la plus légère

Mais dit-il si tu es mon amour
Tu es la part la plus légère de la réalité
Sa métamorphose
Ce qui fait de chaque instant une sortie de la mort

Non dit-elle je ne suis pas un miracle
Nul ne guérit l'autre de sa mort

Je suis ton amour et tu es mon amour
Si nous parions la vie contre le songe
Ce qui signifie jour contre nuit
Franchir et s’affranchir

X

Il arrive oui paraît-il qu'on meure…

Ô l'amour ce fier avant de la mort
Et qui fait d'elle rien qu'une traînée de poussière sombre
Dans l'immense qui s'en rit !

Mourir n'a pas de sens
Pour la joie qui nous tient dans ses yeux

Il arrive oui paraît-il qu'on meure
Qu'on n'ait plus de forces pour le jour
Mais aimer est d'une autre altitude
Et la poésie le sait
Qui met la mort dans sa phrase
Sans que le chant en meure

Il n'est de dévorant
Que l'attente qui a peur
Buvez cette clarté de neige
Dans les mains qu'on vous tend
Plutôt que d'être dans l'amour déjà
L'absent que vous serez

Et soyez vous-même la clarté qui s'avance
Surcroît de vie bien fière
Sans plus de calcul qu'un vol d'oiseau

Qui aime très pleinement
Aura toujours plus fait
Que ce qu'une mort peut faire

XI

Le haut chant des noces s'il manque…

L'amour n'a pas d'autre lexique
Que celui des simples
Qui dit que le ciel est un ciel
Et ta main un nuage de porcelaine dans ce ciel

L'amour veut un lexique vertical
Des mots debout comme ton regard
Le premier debout au matin
Car le soleil le demande

Des syllabes qui sonnent haut
Comme les cloches du vent sur les sommets
Et dont l'écho porte dans leur clarté
L'ombre de l'ubac

L'amour veut dans la langue
Un tintement de phonolite
Un son comme un rire
Qui soit la plus extrême alliance
Entre la chair et le souffle

Le haut chant des noces s'il manque
Qui mettrait en péril la phrase amoureuse
Car la parole est comme nous
Sans le risque de l'ardeur vent levé
Elle est blanche comme la mort

Les mots qui aiment sont bâtis dans l'air
Eurydice Eurydice entends-tu dans ta nuit
Battre là-haut le cœur du soleil ?

Qui donc chante avec des oiseaux dans la voix ?

Le haut langage qu'on invente
Pour l'amour et pour la mort
Il prend son essor toujours
Dans le silence qui naît au revers du cri
Et au chant se marie

XII

Si peu existe de ce que l'amour comprend

Il est temps de faire fête
De ne pas en croire ses yeux
Si peu existe
De ce que la parole surprend dans l'amour

Temps d'extraire un vertige
De chaque seconde
Ce sera simple
Tout appel est un fragment d'horizon
Tout pas une possible danse
Dans l'absolu du chant
Comme le savent les adorateurs du vent
Et les mendiants funambules de leur faim

Si peu existe
De ce que promettent le soleil à la peau
Et la rivière à la bouche
De ce que la ferveur des regards
Demande au matin
À son tremblement de flamme

Où donc le cœur trouverait-il ses raisons
Sinon en ce combat d'amour
Entre mesure et démesure ?
Si peu existe de ce que l'amour comprend

Vers la démesure nos cœurs fragiles
Sinon quoi ?

XIII

En tout commencement de l'amour il y a un rire

En tout commencement de l'amour il y a un rire
Comme on dirait sur la fatigue du paysage
Un bourgeon de printemps

Le rire est un grand départ
Beaucoup de villes beaucoup de mers viendront
Beaucoup de soleils passeront
Avant que les amants en entendent l'écho
Dans la fenêtre d'un soir lointain
Car le seul amour est un commencement qui dure

Oui il est des ciels persistants
Des souffles qui tiennent la cadence
Des questions qui ne s'usent pas
Pour qui se tient à la corde du premier rire
À son vertige exactement

Lui traverse les abîmes
Comme d'autres dansent sur le feu
Il défie l'impossible

Met le temps dans un sac
Le jette au chien
Aux mangeurs de sable
Aux ingénieurs de la vie

Et il rit comme il aime
Sans fin

XIV

L'amour est une forme de la question

L'amour est une forme de la question
Celle avec laquelle nous naissons
Comme nous naissons avec des mains et des yeux
Et qui commence par *pourquoi*

Cette question n'a pas de mots au-delà
N'est l'otage d'aucune langue
Et c'est justement pourquoi on aime
Désespérément

Nous avons cette question dans la peau
Comme l'arbre l'a dans ses branches
Et l'oiseau dans son vol

Même la rose a son pourquoi
Puisqu'elle aime le soleil

Les termes de la question sont obscurs
Seule l'étreinte des amants en donne une idée
S'il y a de l'idée dans la lumière

La question n'a pas de réponse
Répondre c'est mourir

Aimer c'est toujours refuser les réponses
Aimer est donc le seul vivre honorable
Devant la mort

XV

Il n'est jamais trop tard dans l'inconnu

L'amour est *l'autre* versant de nos vies
Celui sauvage
Où la lumière ne renonce pas
Où la fatigue du pas
Ne dispense pas du rire
Et même on dirait le fait plus grand
Que la plus grande fatigue

La joie y est sans abri
Mais le cœur dans cette joie
Ignore les misères de la pluie

Ici pas de balises
L'inconnu par bonheur est entier
Et les amants lui prêtent leur visage

Il n'est jamais trop tard dans l'inconnu
Comment y voit-on le sommet inatteignable ?
Par le visage de l'autre cet inconnu

Cap au ciel
Pas en haut mais devant !
Qui tombe dans ce versant
Tombe front haut
Face au ciel

La joie ni le courage
Ne tombent dans la chute

XVI

D'une douceur si intense

Pas d'à-peu-près dans le feu
L'amour ne peut être une flamme froide

Je ne parle pas d'un amour de missel et de dictionnaire
Ni des sentences blanches du savoir

Je parle de ce qui troue le vide
D'un envol invisible qui fend l'air
De cet ailleurs qui tremble sous la peau
Et surgit imprononçable dans la parole
(Monts forêts nuits vierges)

De ce qui nous démembre
Déchire l'apparence
Dissout le temps
Faisait de Germain Nouveau
Un mendiant insolent aux pieds sales

Pieds blessés
Lèvres gercées

Affamés d'espace
Assoiffées de ciel

Je parle d'une infinie tendresse
Dans le cri
D'une douceur si intense
Que l'air autour prend feu

XVII

L'amour surprend la pensée

Amour quand dans un regard
La surprise est une espérance
(Le mot est moindre que son visage
Qui gèle dans le mot)
Celle qui saisit la vie tout entière
Dans son corps naturel
À l'intérieur du vent

Amour quand la main boit la lumière
Qui crève la nuit
Entre les êtres et les choses

L'amour oppose ce qui n'existe pas
Ou pas assez ou pas encore
Nous rend à notre corps perdu
Paille légère pour le feu
Qui éclaire la vie tout entière
Et éclaire du dedans la pensée

Car l'amour éclaire la pensée
Comme d'une aile l'oiseau chasse la brume
Lui rend le goût de boire
Aux eaux courantes
Lui donne un cœur mon Dieu un cœur mais
Simple comme en ont les poissons et les arbres

L'amour surprend la pensée
Ouvre sa paupière sur l'espérance ce vide à remplir

Le baiser doit avoir pour but la vérité pratique

XVIII

Il n'y a pas de théorème du désir

Il n'y a pas de théorème du désir
Pas plus qu'il n'y a de théorème de la saveur d'une eau de montagne
Dans la bouche de l'exténué
Il boit sa vie

Il n'y a qu'une vérité à mille chemins
Devant le corps aimé
Il est une aube plénière
Dont la lumière appelle la pensée-mésange de l'amant
S'il y a une vérité dans le désir
Seule l'atteint cette pensée aux mille chemins

Le cœur aussi se donne comme un paysage
Seul le choix de s'y perdre le mérite
Ici l'ignorance nous accroît

C'est très simple l'immense pour qui s'est *intérieurement* dévêtu
Une paupière une hanche un souffle sur la joue

Cela d'un coup efface le monde
La fureur l'excès leur langage

C'est toujours à partir de cette fraîcheur
Que nous aimons
En elle que nous buvons notre vie

XIX
L'amour c'est à fleur de peau

Il nous faut pour aimer des chambres
Dont portes et fenêtres sont plus larges que les murs

Et le toit ?
Il n'y a pas de toit
Puisqu'il faut des vents et des soleils
Des neiges et des tourbillons de feuilles
Pour faire le bon lit des amants

Et comment sinon monteraient vers le ciel
Le cri et le chant accordé
Dont les poètes savent depuis toujours
Qu'ils sont la raison de sa lumière ?

L'amour c'est à fleur de peau
Dans l'ouvert
De l'air de l'air et encore de l'air
La sensation de l'air dans le sang et les os

Qui aime refuse
D’habiter le peu
Pas de butée au désir
Passeur qui a du jarret
Il veut à travers nous
La distance et la profondeur

Il faut pour aimer croire
À un espace plus vaste que l’air
À un ciel plus large que le ciel

XX

La violente demande de l'amour

Quand on a beaucoup longtemps aimé
Quand on a aimé l'amour
Et le reste
Ce qui reste de l'amour
Est précisément l'amour

Étreindre et s'endormir
Comme la mer après le vent
Et puis se réveiller au peu de lumière
Qui vient par la fenêtre :
C'est dans ce réveil inquiet
Que se tient précisément l'effet de l'amour

Ou bien
Je suis le nuage et toi tu es le vent
Qui le porte sur la colline
Puis le ciel se repose dans nos yeux
Ce repos du ciel dans nos yeux
Est la preuve précise de notre amour

Ne jamais être l’assis de sa vie
Précepte simple mais violent
C’est comme : que se répande en nous sans cesse
Le vol des oiseaux !

Telle est précisément
La violente demande de l’amour

XXI

L'âme est la première syllabe de l'amour

Inutiles les discours sur l'âme
Son lieu son poids son sexe

L'âme est la première syllabe de l'amour
Cela suffit
Cela dit tout

L'âme est la première syllabe de l'amour
Comme l'oiseau est la première syllabe
De la forêt
Comme tout pas est l'initiale d'un départ
Le premier temps de la scansion du cœur
Aux prises avec l'espace avec le vent
Avec la volupté des matins

L'âme dans l'amour
Est l'amie de tendres fureurs
Bouches en lutte avec le ciel
Fracas de lumières
Étoiles prises à pleine main dans la nuit

Amour est l'égarement désiré de l'âme
Dans le brusque inconnu
Qui mène au baiser
– au feu de la question
Qui survit à toutes les réponses

L'âme est dans la main
Que tente la caresse
Comme dans le pied du marcheur
Que la montagne invente

Allons l'âme élan seuil
C'est la perte de ce qui retient

Voilà pourquoi
L'âme est la première syllabe de l'amour

XXII

Comme un maçon qui croit au mur

Je suis d'où je vais
Je suis d'où l'on m'attend
Dit l'amant qui cherche loin de lui
Ses mains et ses yeux

Tantôt il marche au bord du gouffre
Qu'il est à lui-même
Tantôt il dort au bord des paupières
De son amour

Oh qu'on marche encore
Qu'on marche sur mes songes
Dit l'amant
Si l'empreinte du pas est celle
De la clarté qui naquit d'un sourire

Naïf oui comme un vent qui commence
Ou comme le maçon qui croit au mur

J'appelle amour ce qui subsiste de la vie
Dans ma fatigue

J'appelle amour la lampe levée dans la tempête

Ne pas la casser quand je tombe
Est ma tâche

XXIII

Est-ce de l'ordre de l'explosion ?

Est-ce de l'ordre de l'explosion ?
Explosion silencieuse et immobile
À la jonction de deux corps
Qui est la jonction de deux limites
Ainsi détruites ?

Serait-ce l'apparition d'un espace neuf
Contraire mais lié
À l'espace ordinaire des besognes de l'existence ?

La porte d'or
Par où l'on revient dans sa vie
Déshabitué

Retour d'exil :
Gestes enfin habités
Regards tenus jusqu'à la brûlure
Expansion d'unc prairie intérieure
Avec affleurement de sources

Celles que l'amant entend
Quand il pose son oreille sur le sommeil de l'aimée

Beau chahut l'amour dans la maison des hommes
Table renversée écrous levés

Est-ce bien de l'ordre de l'explosion ?
Mais lente mais douce
Et sa rumeur qui dort dans la main du cœur

XXIV

On aime comme on rassemble
le monde dans ses bras

L'herbe le rocher le feu
Et le galop des vents
Et le chemin qui monte
Voilà les vrais législateurs de l'amour

On aime comme on rassemble le monde dans ses bras

Le bonheur ici c'est comme boire :
Nul besoin de comprendre sa soif
Pour courir à la rivière

Loin des ordres pesants
Sans aucun des lourds outils
Marteau de la raison
Varlope de la morale
Au fond d'une heure cachée
Vient un matin qui déborde

Au plus loin possible de la mort
C'est-à-dire de nous-mêmes

Car nous sommes bien sûr notre propre mort
Car nous nous usons comme s'use la lumière
En faisant sa journée
Nous aimerons
Au plus loin de nous-mêmes
Au plus loin de la mort au mitan de la mort
Comme un voyageur retrouve sous un ciel inconnu
La nuit de son enfance
Où sa joie pour la première fois triompha
De la nuit

Aimer ainsi c'est faire grandir un arbre
Dans une pensée d'homme
C'est faire venir la neige des sommets
Dans les mots épuisés

C'est tenter ensemble et d'un pas absolu
Le chemin quel qu'il soit qui monte
C'est se donner pour tâche
La douceur de l'herbe
Et la vaillance du rocher

Telles sont les lois sauvages de l'amour
Non pas donneuses d'ordre
Mais appel impérieux
À passer outre

XXV

Le feu central

… aux cassures
De nos échecs brille un commencement

RAINER MARIA RILKE

On aime toujours un peu
Comme un qui court à la mer sans savoir nager
On devance ses pas
On exige de soi une joie irréprochable

On croyait voir le monde en l'autre
Pourquoi pas ?
Mais les prétextes s'effondrent comme les fleurs

Les premières défaites de l'amour
Sont comme les premiers hivers du monde
Elles appellent l'invention du feu

Pour aimer encore
Aimer outre

Reste à parier le feu contre le refus
À trouver une lumière habitable
Hors frontières
Hors fatigue
Où le sentiment d'on ne sait quelle beauté à venir
Nous arrache le cœur

Cette beauté sans prétexte
Qui est le feu central de tout amour

XXVI
Quand les corps ont des fraîcheurs de jardin

L'amour est une onde comme la lumière
Qui tout pénètre et de tout s'absente
Puisque son objet est la solitude
Qu'il traverse pour en éclairer le sens

L'amour a toutes les propriétés de la lumière
Il est une lumière sans cause ni fin
Qui fait du néant de nos vies
L'occasion de la plus mystérieuse énergie

Preuve en est la caresse
Sa déflagration silencieuse
Qui arrête le temps
Et fait d'une joie
Le cœur absolu du monde
Avant qu'il ne s'effondre
Dans l'ordinaire amas et gris
Des heures nécessaires

Preuve en est ce vertige de danseur
Qui saisit la parole
Quand les corps ont des fraîcheurs de jardin

Preuve encore et par l'absurde
Ces yeux de pluie d'automne
De qui embrasse la bouche le cou les épaules
De l'absence
Et s'effondre en lui-même
Comme un blé fauché

XXVII

Les circonstances de l'amour

Les circonstances de l'amour
Valent mieux parfois que l'amour qu'elles donnent
De même que la clarté d'un feu
Nous est plus propice dans la nuit
Que sa chaleur indécise

Des cerisiers en fleur
Ou de leurs fruits
Desquels se passerait-on ?

Les circonstances de l'amour
Font d'inavouables traces dans la mémoire
Parce que d'elles nécessairement la force insolente
Qui jette un corps dans un autre
Contre toute raison

La force d'un amour et sa beauté s'il se peut
Peuvent bien tenir à la misère d'un ciel
À une porte restée ouverte
À une chanson mal chaussée qui passe dans la rue

À un visage en larmes sous le sourire
Ou *romance* à une île enchantée par son ombre

Quand l'amour est mort
Reste la braise des circonstances qui le firent naître
Elle rougeoie encore dans les nuits sans sommeil
Baisers perdus mais non leur clarté

XXVIII
La définition ultime de l'amour

Inexplicablement un jour vient à notre oreille
Un poème que personne jamais n'écrivit
– comme une couleur inconnue des couleurs –
Et nous n'avons de cesse
Que nous lui trouvions un visage
Ô beauté analogue au froissement d'une aile
Dans le silence
Appel ou mouvement d'une figure dont on ne sait le nom
Mais dont on sait le sens
Comme on sait depuis toujours
La saveur adorable des lisières

C'est une joie splendide alors d'admettre
Que la vie n'est pas qu'un obstacle à la mort
Leçon des rivières et bonne raison des fleurs

Un poème donc
Qui fait récit d'un corps
Jardin de souffles et de gestes affranchis

Et nous monterions jusqu'aux étoiles
Pour accompagner son sommeil
Et nous donnerions toutes les sources
Pour boire à ses seules lèvres

Le rejoindre
C'est être enfin au sein du temps hors du temps
Au cœur des choses hors des choses
Et peut-être est-ce là
La définition ultime de l'amour

XXIX

La question qui se pose à qui aime devant sa mort

Est-ce le blanc qui donne l'hospitalité à la neige
Ou l'inverse ?
N'est-ce pas la question qui se pose
À qui l'amour promet son hospitalité ?

De cœur de corps de vent de cordes
De lumière ou de souffle
Quel appareillage pour le désir
Qui met les amants au centre de la vie ?

Hommes et femmes qui dorment dans un feu
Hommes et femmes au bras d'océan
Un ciel dans la nuque
Et le baiser de leur bouche comme salutation
Que signifie cela devant la mort nouée
Aux draps ?

Oh et tant pis ! dirons-nous
Que soudain l'âme leur tremble et les mains
Et qu'ils aillent qu'ils aillent à la mort

Sur la crête du feu
Les poumons pleins d'odeurs pleines
Et des fleurs dans les cheveux

Puisqu'ils sont les hôtes de l'amour
Puisqu'ils abritent un chant et l'abriteront
Jusque terriblement dans les larmes

Faut-il aimer pour vivre ou vivre pour aimer ?
C'est comme :
Est-ce que la neige est le vêtement de l'eau
Ou l'eau la nudité de la neige ?

N'est-ce pas la question qui se pose
À qui aime devant sa mort ?

XXX

Nous pouvons encore dire
les mots étranges de l'amour

Nous pouvons nous pouvons encore c'est étrange
Nous pouvons encore dire les mots étranges de l'amour
Après des millénaires de fruits cueillis aux lèvres
De milliards de corps couchés dans la lumière de l'autre
Après des milliards de traversées
De cette Voie lactée : le désir

Après que tant de femmes et d'hommes
Ont gravi dans un baiser
Des montagnes plus hautes que les montagnes les plus hautes
Après tous ces toujours
De pacotille ou de grand large
Serments feuillus
Branches brisées
Ô cœurs quand le vent tombe
Avec le vent tombés

Après tant de nuits infiniment
Et – qui furent fleuves

Ou cris d'oiseaux
Ou champs dormants –
Tant de corps dans ces nuits

Après tant de joies perdues
Entre la bouche et la parole
Après que tant de regards
Ont mis la vie au centre d'un soleil
À la lèvre d'un chant
Au sommet de la nuit la plus pure
Et qu'ainsi depuis toujours
Tout a été dit du vertige et de l'effroi
Qui sont les seuls témoins
D'une existence vraie

Nous pouvons encore c'est étrange
Dire les mots étranges de l'amour

Malgré la grande mort
Qui mange le langage des hommes
À force qu'ils manquent à l'amour et
À son courage

Nous pouvons encore

DU MÊME AUTEUR

Poésie

TRAQUER LA LOUVE, édition Chambelland, préface d'Angèle Vannier, 1978, prix Théophile Briant

INCENDIE DU SEUIL, Cahiers de l'Archipel, 1981, prix Maurice Scève

HYPNOSE DU SILENCE, Rougerie, 1981

PRÉSENCE ABANDONNÉE DU CORPS, Rougerie, 1983

FUITE DE L'IMMOBILE, Cheyne, 1984, prix Artaud

TRENTE ÉLÉGIES DE L'ARDEUR, Rougerie, 1986

UN ESSAIM AMOUREUX, Cheyne, 1986

POÈMES DU CORPS TRAVERSÉ, Cheyne, 1987

LES DOUZE LOUANGES, Cheyne, 1990

LE SENTIMENT DU MONDE, Cheyne, 1993, prix Apollinaire

TRAITÉ DE LA JUSTE MERVEILLE, Cheyne, 1996

LE BOIS DE HÊTRES, Cheyne, 1998

OUVRANT LE PAS, réédition de FUITE DE L'IMMOBILE et UN ESSAIM AMOUREUX notamment, Cheyne, 1999

FRESQUE PEINTE SUR UN MUR OBSCUR, Cheyne, 2002

LETTRE À LA FEMME AIMÉE AU SUJET DE LA MORT, Cheyne, 2005, prix Max Jacob

TRAITÉ DES SENTIMENTS CONTRAIRES, Cheyne 2011

POLITIQUE DE LA BEAUTÉ, Cheyne, 2017

LETTRE À LA FEMME AIMÉE AU SUJET DE LA MORT, poésie Gallimard, 2017

LEVEZ-VOUS DU TOMBEAU, Gallimard, 2019

À L'INTÉRIEUR DE LA NUIT, Cheyne, 2021

Théâtre

L'HOMME CLOS, L'Aire, 1996

STABAT MATER FURIOSA, suivi de SOLILOQUES, Les Solitaires intempestifs, 1999

D'ENTRE LES MORTS, Les Solitaires intempestifs, 2000

LE PETIT ORDINAIRE, Les Solitaires intempestifs, 2000

LA LUNE DES PAUVRES, Les Solitaires intempestifs, 2001

SERMONS JOYEUX, Les Solitaires intempestifs, 2004

ODYSSÉE DERNIER CHANT, Les Solitaires intempestifs, 2006

TÉMOINS À CHARGE, Les Solitaires intempestifs, 2007

PHILOCTÈTE, Les Solitaires intempestifs, 2009

LE TESTAMENT DE VANDA, Les Solitaires intempestifs, 2009

LA MORT N'EST QUE LA MORT SI L'AMOUR LUI SURVIT – HISTOIRE D'ORPHÉE, Les Solitaires intempestifs, 2011

ÉLECTRE, Les Solitaires intempestifs, 2011

STABAT MATER FURIOSA, collection Classiques contemporains, nouvelle édition enrichie, Les Solitaires intempestifs, 2013

THÉÂTRE 1 (1999-2004), Les Solitaires intempestifs, 2013

ET ILS ME CLOUERONT SUR LE BOIS Les Solitaires intempestifs, 2014

TROIS HOMMES SUR UN TOIT, Les Solitaires intempestifs, 2015

ANTIGONE, Les Solitaires intempestifs, 2016

LA BOÎTE suivi de FEMMES EN FACE D'UN HOMME SILENCIEUX, Les Solitaires intempestifs, 2016

AJAX, Les Solitaires intempestifs, 2018

LA TRAVERSE, Les Solitaires intempestifs, 2018

Essais

ALGUES, SABLE, COQUILLAGES ET CREVETTES – LETTRE D'UN POÈTE À DES COMÉDIENS ET À QUELQUES AUTRES PASSEURS, Cheyne, 1997

AÏE ! UN POÈTE, Le Seuil 2003, Cheyne éditeur 2014

CHARLES JULIET, LA CONQUÊTE DANS L'OBSCUR, Jean-Michel Place, 2003

QUEL THÉÂTRE POUR AUJOURD'HUI ?, Les Solitaires intempestifs, 2007

USAGES DU POÈME, CONVERSATION AVEC YANN NICOL, La passe du Vent 2008

CE QUE SIGNIFIAIT LAURENT TERZIEFF, Les Solitaires intempestifs, 2012

LA VITAMINE P, Rue du Monde, 2012

LA POÉSIE AU QUOTIDIEN, ouvrage coordonné par J.-P. Siméon, Scéren, 2013

LA POÉSIE SAUVERA LE MONDE, éditions du Passeur, 2015

POUR UN THÉÂTRE QUI TIENT PAROLE, Les Solitaires intempestifs, 2018

LES YEUX OUVERTS, PROPOS SUR LE TEMPS PRÉSENT, éditions du Passeur, 2018

PETIT ÉLOGE DE LA POÉSIE, Folio, 2021

Romans

PASSAGE DU DÉSIR, Le Castor Astral – L'Aire, 1988

LE SOURIRE DU CHIEN, L'Aire, 1990

EVA R, L'Aire, 1992

LES PETITS JARDINS, L'Aire, 1993

MATIÈRE NUIT, Le Castor Astral, 1997

Textes pour la jeunesse

À L'AUBE DU BUISSON, collection Poèmes pour grandir, Cheyne, 1985

LA NUIT RESPIRE, collection Poèmes pour grandir, Cheyne, 1987

LA GENTIANE D'OR, Atelier du poisson soluble, 1993

LA FABULEUSE HISTOIRE DE NÉPOMUCÈNE, D'IPHIGÉNIE ET DU POIVRON FLOTTANT, Atelier du poisson soluble, 1995

UN HOMME SANS MANTEAU, collection Poèmes pour grandir, Cheyne, 1996

CONTES ET LÉGENDES D'AUVERGNE, Nathan 1996

LA MOUCHE QUI LIT, Rue du monde, 1998

SANS FRONTIÈRES FIXES, collection Poèmes pour grandir, Cheyne, 2001

CECI EST UN POÈME QUI GUÉRIT LES POISSONS, Rue du Monde, 2005

ICI, Cheyne, collection Poèmes pour grandir, 2009

LE LIVRE DES PETITS ÉTONNEMENTS DU SAGE TAO LI FU, collection Poèmes pour grandir, Cheyne 2016

Composition : Entrelignes (64).
Achevé d'imprimer
par l'Imprimerie Floch
à Mayenne, en octobre 2021.
Dépôt légal : octobre 2021.
Numéro d'imprimeur : 99224.

ISBN 978-2-07-295072-8 / Imprimé en France.

397085